U0735804

|我们都在认真生活|

我在矿洞收集星光

榆木 ＿＿＿＿＿＿ 著

陕西新华出版
太白文艺出版社·西安

图书在版编目（CIP）数据

我在矿洞收集星光 / 榆木著. -- 西安：太白文艺
出版社，2024.1
（我们都在认真生活）
ISBN 978-7-5513-2500-4

Ⅰ. ①我… Ⅱ. ①榆… Ⅲ. ①诗集－中国－当代
Ⅳ. ①I227

中国国家版本馆CIP数据核字(2023)第199865号

我在矿洞收集星光
WO ZAI KUANGDONG SHOUJI XINGGUANG

作　　者	榆　木
责任编辑	蔡晶晶
策　　划	马泽平
封面设计	郑江迪
版式设计	建明文化
出版发行	太白文艺出版社
经　　销	新华书店
印　　刷	西安市建明工贸有限责任公司
开　　本	880mm×1230mm　1/32
字　　数	60千字
印　　张	5.625
版　　次	2024年1月第1版
印　　次	2024年1月第1次印刷
书　　号	ISBN 978-7-5513-2500-4
定　　价	45.00元

版权所有 翻印必究
如有印装质量问题，可寄出版社印制部调换
联系电话：029-81206800
出版社地址：西安市曲江新区登高路1388号（邮编：710061）
营销中心电话：029-87277748 029-87217872

尘埃里绽放的诗意之花

太白文艺出版社总编辑　戴笑诺

一朵花开放在山崖上，它所依赖的是土壤、水分、空气和阳光。如果土壤、水分是物质，那么空气和阳光就是精神。一个人有思想、有感情，依赖的不仅仅是物质，在生命的最深处，依赖的是精神的力量。

诗歌的美，在于它就像一面镜子，反映我们内心的世界，也反映我们对生活的理解和感悟；同时，它也让我们看到生活的美好，感受到人性的光辉，激发我们对生命的热爱和对未来的期待。这种对生活的理解和热爱在我读到"我们都在认真生活"这套诗丛时感受尤为强烈，因为这三部诗集所收录的诗歌都是对生活之美最真切的发掘和再现。生活之美千姿百态。有一种美，积聚自平凡生活最深处的微光。我们总以为，平凡的人生提炼不出华丽的辞藻，演绎不出跌宕起伏的情节。然而，有一种人，他们能够用诗心掸掉生活的尘土，点燃心中的火苗。即使面对最朴素和最艰苦的一切，也能迸发出独属于自己的那一份力量。在高度碎片化和重复化的日常中，榆木、曹兵、迟顿三位诗人保持着对生活敏锐的感受力，表现出对周遭世界高度的关切和直面生活的真诚，他们把这种体悟转化为诗的语言，最终萃取出一首首打动人心的诗歌。

剔除作者们诗人身份的共性，他们就被还原为矿工和农民，普通如我们每一个独立的个体。他们有自己的幸福和希冀，也有自己的烦恼和失落。但我相信，哪怕是此生注定要在这尘世中踽踽独行，他们内心也一定渴望在现实生活中开启另外一扇隐秘而又独特的窗，为他们打破庸常琐事的束缚，在诗歌的世界里自由歌唱。

在这三位诗人中，榆木的名字是最具有辨识度的，他的诗和人，都像一截木头，纹理分明，触感粗粝，有着弥足珍贵的天然和纯粹。我至今仍记得初次读到他书稿时的那种震撼，"当他们从地心深处，争先恐后地挤出井口 / 多像是一块块煤，转世回到了人间"（节选自《赶着下班的矿工》）。榆木没有系统学习过诗歌写作的理论知识，在他的诗歌中，几乎读不到任何斧凿的痕迹。榆木知道，真诚是他能赋予诗歌的最为可贵的品质。

曹兵在生活当中应该也是隐忍而内敛的吧，他的诗歌如他赖以生存的土地一样，厚重、澄净，充满生机和力量。与榆木的粗粝相比，曹兵显得更为细腻，他似乎总能捕捉到意味无穷的细节并加以打磨，使之化为绵密的语言之网。他写不断穿行于各个城市间的羁旅生活，也写旅途中的所见所闻。在《深夜，一列火车经过》中，他写道："我也是醒着的人。正好零点 / 咣当咣当，火车由远及近 / 很多夜，我已经熟悉了这种突兀的声音。"没有刻意放大颠沛流离之苦，只是平静地记录和叙述，看似平淡，却又耐人寻味。

他们三位中，在诗歌中沉入最深的应该是迟顿。读迟顿的诗，给人的感觉不像是出自一位矿工，而是出自一位手艺精湛的老木匠，以笔作刀，在纸上雕琢。正如他在《老木匠》中写的那样，"为了解救一块木头 / 他使用了斧头、刨子和锋利的锯 / 为了使它们有好的出身 / 他又给每一块木头开榫，断肩 / 雕琢美丽的花纹"。这木头不仅仅是木头，更是文字，是迟顿在生活中度过的每一天。他从这些汉字中揪出它们的魂灵，并赋予它们全新的形象，使它们代替自己活在这珍贵的人间。

我不知道像榆木、曹兵、迟顿这样的诗人还有多少，他们隐在尘埃里，认真地生活和写作，甚至没有想过诗歌能够带给他们什么。但诗歌的确在改变着他们的生活，让他们从人群中站出来，让他们的形象，在阳光下更为明亮一些。

他们没有显赫的声名，质朴而幽微的诗歌带给他们的只是一种可能，一种暂时无法定义的充满可塑性的可能。或许也正是因为少了显赫声名的枷锁，他们的写作才更自由、更真诚，似乎只需要仰头或者弯腰，就能从生活中撷取那些读来令人震撼的诗句。

"我们都在认真生活"这套诗丛是开放的，我们出版这套诗丛的初衷，是希望未来还会有更多的如榆木、曹兵、迟顿这样的劳动者的诗集持续推出，给他们一个认真生活、展现自我的平台。同样，也希望借助诗歌，让普通的你我看到生活的点滴，感受生活的热情，理解生活的美好，在困惑和迷茫中找到方向，在痛苦和挫折中汲取力量。

目录

第一辑　壬寅春

第二辑　井下，风是不走回头路的

第三辑　煤矿工人的一天

第七辑　无力反驳的比喻

第一辑

壬寅春

壬寅春

三月二十五日，跟朋友聊天。朋友说：如果
治疗得好，至少能活三四年。你算了一下说
是二〇二二年，虎年。刚好你也属虎。瞬间
你的眼里满是二〇二二年的你

三月二十八日，中午，母亲把你搂在怀里
哭了。然后给你讲起父亲的事。而你
就这样在母亲的怀里睡着了。你说
这一觉，睡得特别香。梦里，看到了
小时候，在母亲怀里的你

四月一日，你跟妻子说，最近喝汤吞咽时
会很疼，只能勉强喝点水。妻子没有搭话
而是翻出你所有的红底免冠照，让你选一张
说：到时候作为你的白底遗像用

四月二日，母亲告诉你，她找和尚问了

二十三点到翌日凌晨三点，不能走。对后人不好
然后母亲问你，做不做法事。你说：
儿，最大的遗憾就是不能尽孝。现在
都听母亲的，就当是尽了孝心

四月五日，清明节到了。墓地已选好了
母亲，妻子和谡儿要去给父亲扫墓
告诉父亲，你的事。你让他们放心去
而你坐在院子的藤椅上晒着太阳，回忆起
那时下班后跟工友们，在这个小院子里
你现在坐的位置一起玩牌

四月十一日，大哥来了，老三来了，老四来了
老家兄弟也来了。大姐去医院灌氧气
你让谡儿带上钱也去。妻子去了照相馆
你说，想再听母亲念念经

四月十三日，妻子让你看了看遗像，对你说：
那会儿的你真年轻。墓地已经挖好了
棺材在送过来的路上，一切都准备好了
你笑得像个孩子。然后，对妻子说：
丧事简单点就行。省点钱，让你娘儿俩花

四月十五日，你疼得厉害，话也不怎么
能说得清楚。吐了血，氧气
也只能吸三十分钟。你迷迷糊糊中
一直在喊父亲的名字

四月十六日，十八点五十七分
是我写下这首诗歌的时间：
二〇二二，壬寅春

三月

这八百里加急密书中，有雪。落在小镇就成了雨

我撑伞从墙根下匆匆走过，带着风

阳光藏在枝头的残雪里。还有一部分阳光

陪同雨水悄悄消失在地上。墙角

石头缝里新挤出的青草，是写在病例单上的

——混合性通气中度障碍

朋友圈

最近一段时间，升井后第一件事

不是急着脱掉工衣洗澡，而是

坐在更衣柜前的长条凳子上

不停地翻看手机微信里的朋友圈

有时工友看到，会对我开玩笑说：

你是被网上的小辣妹迷住了

还是怕媳妇跟人跑了？

我听后，讪然一笑

我害怕告诉他们：在我微信朋友圈里

远在千里之外，有一个肺癌晚期的矿工

他每天有没有更新朋友圈，成了我

判断他是否还活着的唯一线索

坪上的樱花

雨下得比较轻缓，倒是这个四月走得有点急
安源矿井下的风吹到萍乡，折回来吹了你一下

肺癌转脑以后，你用手指重新让生命站了起来
花刚好开了一半，另一半从你身体的血液里涌出来

檀香木便在念珠里喊了几声疼。幸好，和尚在超度
印刷厂那边正在印刷，那几粒汉字很快就要活过
　来了

你再等等，让唱经的和尚停一下。如果疼得厉害
就让坪上矿的那些樱花替你缓解吧，它们开得正
　带劲

悼念唐恒

春风十里。我只能送你到安源矿井口，剩下的路

在你呼吸的肺部。二〇一七年伊始，两块相遇的煤

从没有谈论起煤的黑。我们说的最多的是

——我们挖了那么多的煤，为何在一首首诗里找到

　了自己

而此时你的呼吸道，是安源矿井下一条黑乎乎的

　平巷

肺癌转脑以后，你每天更新的诗歌，是你生命的

　脉搏

一块煤，在萍乡即将燃尽。我们依旧没有谈论

没有谈论起死亡的黑色，要用瓶装的氧气来一次

　次清洁

我们懂得，作为一个煤矿工，我们要保持死亡的

　高度纯洁

可是，这广袤的大地上。为何你在生命的最后

呼吸的每一口空气，都带着生命的伤害

春雨润物，也熄火。二〇一八年四月十六日，黄昏

你交出一块煤全部的火焰。如此匆匆地进入无尽

　　的夜色里

什么也没有留下

你倾尽所有

将安源矿井下的巷道留在纸上

每一行诗都是安源矿井下

一条黑乎乎的巷道

我数了数：

共九十八首诗

九百八十六行

九百八十六条平巷

这是一个诗人的命

但不是矿井的命

因为还有像你一样的人

继续活在安源矿井

你倾尽一生

将安源矿井下的煤搬运到笔尖

每一粒汉字都是安源矿井下

挖出的一块煤

我数了数：

共两万一千七百五十一个汉字

两万一千七百五十一块煤

这是一个矿工的一生

但不是安源矿井的全部家当

因为还有像你一样的矿工

依旧从黑乎乎的矿井里

源源不断地将自己挖出来

我怕我像你一样

四年以后的春天

没有因为你的离世而迟到

坪上的樱花依旧如期而至

每一朵都开得那么盛大而悲壮

请原谅我用"悲壮"这个词语

因为，自从你走后

我每次看到樱花花瓣上的红色

都会想成你生命弥留之际

从口里吐出的鲜血

现在，我也像曾经的你一样：

因为写作的需要

从井下调到井上

不下井了。这多让我开心啊

就像坪上矿的那些樱花

盛大，而悲壮

但工作的环境让我很难安心写诗

唉！一模一样的矿工宿命

让我无奈。一模一样的工作经历

让我担心。我真的害怕

我怕我像你一样：

没有把自己的一生

交给诗歌而留下遗憾

第二辑

井下，风是不走回头路的

夜班

我喜欢上夜班，因为当我拖着六百米深的夜色
慢慢地挪出井口走进阳光里时，我喜欢那种光线

打在我脸上的感觉。因为那一刻，仿佛觉得自己
就是那片变成煤的叶子，重新回到了树枝上

赶着下班的矿工

这些满脸沾满煤灰的矿工

这些相互打闹嘲讽的矿工

这些相互拥挤推搡的矿工

这些沉默的矿工

这些你追我赶

急急忙忙走在下班巷道里的矿工

当他们从地心深处，争先恐后地挤出井口

多像是一块块煤，转世回到了人间

水泵

这个重五百斤的水泵，我们四个人要从
13012 巷一横川，抬到 13014 巷十二横川

路程大概一千五百米。因为，在那里
有一股地下水，急需回到人间

雨靴

我们每天都穿着，小腿肚高的雨靴下井。有时候
雨靴里灌满，西辅瓦斯抽放钻孔喷出的煤水

有时候，雨靴里灌满，西翼巷道注浆的水泥灰
可是，当我们坐在井上更衣房的长凳子上，用力

从雨靴里磕出来的，总会是沁河岸边升起的一小
　　片夜色

澡堂

说实话，我们入坑时的心情，确实像

带着人世间所有的负重，在下沉

可是，当我们上井后，拖着百米深的黑暗

从更衣房挤进澡堂，再从澡堂挤出来的时候

我们仿佛是，从大地的子宫里，再次来到

这个世界上，每个人都有一张孩子般纯净的脸

井下的风

在煤矿，风和我们一样：都是从行人斜井
走入六百米深的地下。唯一不一样的是

上井时，我们原路返回。它们从回风巷走
因为，风是不走回头路的

矿工的比喻

如果把每一名矿工，比喻成一粒汉字
在坪上煤业，这座九十万吨的矿井
要一千二百二十一粒汉字，日夜不停地
重组二十年，才能将一座山移到远方

如果把每一名矿工，比喻成一块煤
在沁河岸边，这座见证了朝代更迭的槲山
就是一千二百二十一块煤。在这十年间
我目睹过一块煤，化作白灰的全过程

多么美好啊

同事一再打听火灭后守山的事

她说：搭个帐篷，睡在山上

头顶星星，满目风景，多么美好啊

我说：你以为是去度假，还帐篷呢

她说：没有帐篷，就躺在床垫上

听着远山虫鸣，慢慢入睡，多么美好啊

我说：你以为在家里呢，还躺床垫呢

她说：没有床垫，坐在床单上，盖上被子

山风吹拂，云雾缠绕，多么美好啊

我说：你以为在公园呢，还床单、被子呢

她说：那怎么睡，大衣总有吧

我说：还大衣呢。就那么躺在石头上

沙土上，烧成灰的草地上睡啊

你一定没下过井。总好过在井下睡

因为睡在山顶上的我们会知道

天啥时候亮了，多么美好啊

矿山的樱花

矿山的樱花又开了

每一朵都是那么的娇艳和奔放

面对这座被挖空而关闭的矿井

我不知道几百年，或者几亿年以后

这些娇艳、怒放的樱花会不会是

凤凰山最富有的煤炭资源

第三辑

煤矿工人的一天

煤矿

我不反对，在这里活着的人

也不反对在这里死去的人

因为这里，离天空很远

离地下很近

矿工

除了黑乎乎的煤。我们

还能从地下深处掏出什么

可是，埋在地下深处的

除了煤，只有活着的我们

风很大

井口的风很大。因为我们
在地下活着需要有足够的氧气
可是，在地下活着的人
慢慢都已经死了

爸爸，别下井

"爸爸，别抽烟

爸爸，别喝酒"

两岁的儿子在视频里对我说

好吧。这些我都能答应你

"爸爸，别下井"

而我却半天不能回答你

因为，我戒不掉生存

巷道

每向前走一寸，黑暗就多一寸
我们要挖多久，才能挖到光

故乡

在泵站，跟皮带司机聊天
我们都在想，现在井下巷道的位置
在地面走到哪里了

东翼走到卧虎庄了。那会儿我才二十岁
西翼现在到了端氏镇。我三十岁了
再过几年，我觉得，我们就能从井下
走到故乡。我们突然大笑着
眼角挤出了晶莹的泪珠

煤矿工人的一天

早上七点刚过，我们在一根烟上做了祷告

走向井口。而此刻，我想起家中熟睡的孩子

他的梦依旧还是那么长。八点半的时候

采煤机发出轰鸣声，黑暗将会在此多出两米

而这时在西村，母亲哮喘病正在发作

舒利迭的药效一再推迟。十点钟的时候

工作面顶板下沉，液压支架将我们替换出来

而卖菜的父亲，此时正蹬着三轮车回家

车子颠簸的响声比风声还大。刚到十二点时

我们重新被带回到工作面，怀中的烧饼还没焐热

而这时喜林坐在村子的槐树下，裤腿挽了老高

一锅打翻的开水也没烫疼她。下午两点的时候

瓦斯报警仪咳嗽了几声，我们依旧把煤送到皮带上

而在地面的监测系统，瞬间就把数据屏蔽了

似乎瓦斯高并不存在。四点多的时候，我们

把溜槽抬到巷道里，煤也需要一条通向人间的路

而此时谷地里，一群麻雀飞来。金黄的谷穗

弯腰接受洗礼。下午六点的时候，我们坐在
更衣房的长凳上，沉默来自六百米的地下
换衣服洗澡的时候，从怀里掉出来的
是西村升起的月亮

名字

在地下，我从不敢大声喊你们的名字
我害怕这黑黑的巷道悄悄把你们记下

因为我的亲人，就是被这黑暗给扯住的
至今，还没有回家

矿难

总有一些人，会忘了来时的路

所以他们，永远地留在了黑暗里

但是，也有一些人明明记得回去的路

可还是留在了黑暗里

理想

他说：还清房贷，我就不干煤矿了

他说：存上十万块钱，我就不干煤矿了

他说：给孩子攒点结婚钱，我就不干煤矿了

……

他们都这样说，一心想着离开煤矿

十多年过去了。在六百米深的地下，他们

依然被黑乎乎的巷道紧紧地咬住

沁河的水

我们每天都在用沁河的水洗澡

可怎么就洗不干净一个人的灵魂

盘区变电所

在这里，除了老鼠活着。就是我了
我分干粮给它们。看着它们认真享用

两年了。从没有像今天这样
它扒开我的手指，在我的手掌里寻找食物

我坐在回风口

西二回通往变电所的回风口。风很小
我靠着煤帮坐下，什么也不想

我就想看着远处，一束灯光照进黑暗里
两千多米长的巷道，这光显得太过渺小了

劈帮的煤

那只把我面包拖走的老鼠，又回来了
我背靠煤帮坐着，一动不动，假装没有看到它

好让它毫无戒备之心，在我的身体上爬来爬去
好让它误认为，我也是一块劈帮的煤

在坪上

一

让沁河像安抚沙滩一样安抚

这里的矿工吧。让这里的每一个人

都学会水一样轻柔。因为他们

是以一粒沙子内心的坚忍

交还了一条河流的守护

二

我们每天都在一块黑乎乎的煤里

练习一朵花的盛开。我们每天

都在六百米深的地下，小心翼翼地

修补自己。就像每一朵花的绽放

都相同地得到阳光的青睐

我们也从每一块煤炭里

相同地得到祝福

三

在坪上的每一棵草都毫无怨言

把体内的青色素，一点一点地交还给秋天

就好像每一个矿工，把身体里的光阴

一寸一寸地交还给向前延伸的巷道

四

很难从一块煤炭里分辨出黑夜和白天

同样，你很难从刚出矿洞的人群里

分辨出哪个是你自己。因为

每一块煤炭下面都藏着一样的人

因为，我们的尊严

也藏在一团黑色里面

五

放下矿灯的同时，也就放下了
对一块炭内心火焰的探索
在公寓楼，放下疲惫的身躯
大多数时候，我们
更愿意把一块炭全部的黑暗
揽入怀中。我们
把火焰留在尘世间

六

几只麻雀在草坪上觅食。还有几只
落在调度楼"指挥中心"的大字上
注视着沁河。也许更远
一些人安静地走过。还有一些
正在矿井下忙碌。它们也许知道
也许不知道

一个煤矿工人的感想

我们的身体里是不是藏了太多的黑暗。所以

才把人间仅剩给我们的一点光明带入地下交换

我们的生命里是不是放不下太多的光明。所以

一盏矿灯在地下便给了我们足够多的亮光生存

有时候，我们也在想：什么时候离开煤矿啊

可我们清楚地知道，脱下这身工作服

我们就养活不了这个家

我们这辈子是不是向每一块炭借来的。所以

今生的时光我们都在身不由己地偿还直到身骨

　　颤抖

我们的亲人是不是也欠给黑暗一次光明。所以

她们生前就已经把挂念托付到地下没日没夜

有时候，我也很高兴：孩子能叫爸爸了

可离开家的时间久了，再回去

他又得重新学习"爸爸"这个词语

我们的日子究竟是不是一块块炭堆积来的。所以

当我们把一座大山挖空的时候，为何我们所剩时

　　日已经不多

我们的暮年是不是真的不需要煤的留恋，所以

当我们风烛残年还要把一颗像煤一样黑的药

嗑进身体里……

写给我的矿工兄弟们

一

白天，我们在矿洞里
晚上，我们在矿洞外
所以，我们的黑夜比白天多

二

我们选择了煤矿
但从来没有人告诉我们
我们也选择了死亡

三

有人说：
我们吃的是阳间饭
干的是阴间活

四

我们从不知道，疼是什么。因为
我们从大山的身体里抠下的每块煤
大山从未喊过疼

五

我们的每一天
都在跟这个世界告别
所以，我们才会小心翼翼地活着

六

如果某天，我们也留在了矿洞里
大可不必悲伤。因为，我们
欠这片土地的，总要还

七

要么活着

要么死去

而我们恰恰是在活着中死去

八

当别人问我多大的时候

我就想到百米深的地下

再过几年

就能从井下走到我的故乡了

九

下班了

就先给家人打个电话吧

因为

等待比死亡更可怕

十

如果

有来世我们是不会选择煤矿的

可是我们没有来世

我们只有今生

所以我们选择了生存

十一

给妻子，和孩子写一句话吧

妻子：好好带孩子

孩子：好好学习，一定不要下煤矿

十二

天气好的时候

我们就到外面走走，晒晒太阳

可是，天气好的时候

我们不是在井下

就是在睡觉

十三

我们的身体里没有多余的部分

可是，老王

你为什么把一条腿留在了矿洞里

十四

我们的一生

在黑暗里活着

在黑暗里死去

所以，我们没有明天

十五

善待一切吧。人间。天堂，和地狱

我们生前已经去了两个地方

人间，和地狱

死后，我们必会去天堂

十六

煤矿给了我们一种生活方式

我们给了煤矿一生

十七

那些选择煤矿工的女人们

你们也选择了孤独

我们能忍受煤矿的孤独

而你们未必能忍受人世的孤独

十八

有钱能使鬼拉磨

所以，我们一直在拉磨

十九

我们从井口看到的天空

就是我们看到的世界

第四辑

五十米的巷道

二盘区水仓

那时刚到二盘区水仓看管水泵，满心欢喜
终于不用到工作面吃煤灰，干重活了
换了岗位的感觉，就好像是太子登基

可是没过几个月，我突然意识到
我所在的位置，是全矿井下最低的煤层
一个月里，连个人也见不到

我开始祈祷，只要能有个人和我说说话
哪怕来个鬼呢。女鬼最好
想到这里，我会自己笑给自己看

终于有一天，我看到一道光
摇摇晃晃地向我这里走来
我按捺不住自己内心的欢喜
突然大叫一声，他也跟着大叫一声
等他把灯光打在我脸上时，破口就骂：
他妈的，吓死老子了，我还以为是个鬼呢。

权力的孤独

同下井的工友走在西辅大巷时

他们总会带着妒忌、嘲讽的口气说：

你小子，现在从一线调二线，权力也大了

我理解他们，也同情他们这样说

在煤矿，像农民合同工要换个岗位几乎不可能

可我就不明白，我怎么会权力大了呢

当我在二盘区背靠开关，静静坐着的时候

望着盘区洞里，齐刷刷摆着一排排的开关

突然苦苦地笑起来

在这个长 25 米，宽 3 米的巷道里

共有 35 台 200A 开关、16 台高压开关

6 台移动式变压器。离这里六百米的地方

是水仓。4 台 30 千瓦卧式离心泵

5 台 7.5 千瓦排污泵，统统都归我管

是啊，我管着井下西翼所有的

供电系统和排水系统，我的权力确实很大

可是，我现在命令它们，都跟我说说话

两年多了，为何一个吱声的人都没有

人间越来越远

此时，移动式干变的"嗡嗡"声
是唯一回我话的声音。都三年多了
在二盘区变电所里，除了那几只老鼠
我唯一可以听到的，是来自黑暗的声音

哦！我也曾听到过其他的声音
那是我刚调到二盘区变电所岗位的时候
地面 35KV 的电正在西辅巷摸黑赶路
我靠着移动式干变坐在黑乎乎的巷道里
听到了自己的心跳声

那一刻，我离一盘区变电所
远了一千五百米。离井底远了
两千五百米。离人间远了三千零五十米
唉！光线越来越小，人间越来越远

五十米的巷道

水仓安装了液位感应启动器

我不必再时时刻刻盯守着那几台隔爆开关

我的身后就是水仓，可我能去哪里呢？

向后八百米是巷道的尽头，无人

那里的黑暗最多。向前是横穿西辅巷和

运煤措施巷的 23073 巷口，走到那里

距离井口就少了六百米的黑暗

向左走二百米，是密闭的西轨巷

风在这里消失。向右走五十米是

西辅巷，离水仓最近。所以

我每天就在这五十米的巷道里

独自一个人走过来，走过去

一束微弱的光线移过来，移过去

因为我担心液位感应器总有那么一天

会对水失去知觉，就像我对黑暗

失去知觉一样。向左走是盲巷

我害怕我会和风，一起被黑暗硬生生地吃掉

也不能向后，因为一盏矿灯撑不饱那么多的黑暗

但我也不能向前走啊，尽管我是那么渴望

返回光明的人间，哪怕离井口近一米呢

可这些水泵，这些在黑暗里撕心裂肺

叫喊的离心式水泵，是我一家老小

六口人生活的全部啊。所以

我是被黑暗拖住的鬼

也是被生存拴住的人

我的小女儿也该嫁人了

水仓蓄满煤泥的时候

我的小女儿出生了

上午九时，下到水仓清理煤泥时

我想啊：人间从此多了一个

喊我"爸爸"的人

中午一点多的时候

当我爬出水仓

坐在西辅巷的通风口

矿灯照着六米高的煤柱

采煤机从两千多米长的采面缓缓退出

我想到：我的小女儿已经三岁了

如果不出什么意外

我会一直待在这个水仓

当 23092 工作面布置完成

当我摁下水泵开关的停止按钮

下午五点的时候

我想起：退休的事

到那时候，我的小女儿也该嫁人了

我突然感觉到：这一切

仿佛只是井下一天的时间

第五辑

下井

下井

我们排起长长的队伍，像一条长长的巷道

有时候，我们拥挤在一起就像一堆煤

不管怎样比喻，我们都是背光而行的人

避灾路线

在井下发生火灾时，进风巷，我们要逆着
风的方向跑。回风巷，我们要顺着风的方向跑

可是，真要发生火灾，我们又怎能跑得过命

井下

我们聊到工资，聊到女人
聊到未来。当聊到矿难的时候
彼此都沉默着，仿佛我们
正在经历一场透水事故

工伤

谁都不会，为一座大山想想

每一次工伤，都是大山喊出的

一声声，疼

无路可走

靠煤帮坐下，一束光打在黑乎乎的巷道内
我静静地看着，这些光线里飞舞的煤灰

它们密密麻麻地挤在一起，向前再走五百米左右
就是巷道的尽头了，它们是无路可走的

可是，当它们走到，我们这些矿工的身体里时
我们的余生，是无路可走的

自救器

这小小的自救器，像极了骨灰盒

活着的时候，我总是带它

穿行在阴阳两界。死后

它却把我狠狠地摁在里面

月亮

回采工作面的巷道

每间隔一米棚起的钢梁

是矿洞的肋骨

我们走在下面

运输带摩擦矫正托辊的

声音穿过我们

我们的肉体

钻进煤帮里面

偶尔有矿工抬起矿灯

那是一颗星光的边界

在这个随时会垮塌的巷道

声音也会折弯

一根压弯的钢梁

突然挡在我们面前

数秒之后，我们决定

穿过这轮弯弯的月亮

此刻的我们

弓着腰站在巷道里

我们的肩上扛着生活

它的肩上扛着榹山

我们相互僵持着

数秒之后

我们便决定

穿过这轮弯弯的月亮

继续向前

穿过这轮弯弯的月亮

继续向前

防火门

在西辅进风巷，一千五百米的地方

新安装了一扇大铁门，橘黄色，显眼

上面写着：常开状态，火灾关闭

每次经过这道门，走向工作面的时候

我的浑身都在颤抖，不知道发生火灾时

这道大铁门是先关闭，还是等我们出去后关闭

火灭了没有

我这一路都在疑惑：火到底灭了没有

途中碰到开着三轮车，拉水的师傅

会吆喝着问道：师傅，火灭了没有

碰到消防员，会问道：小哥哥，火灭了没有

有时甚至会不由自主地问起同伴：火灭了没有

也有陌生的人，会问起我同样的问题

小师傅，火灭了没有？我也会像

我问起别人时，那样回答：不清楚啊

从山脚下走到山顶，确实只见到烧焦的松木

但我还是不能够确定，火灭了没有

可是当我们被要求，山路两旁间隔站好

听说是领导要上山来巡查的时候

微信里又有人问起我"火灭了没有"的时候

我说：应该灭了，领导都上山来了

帆布手套

一只帆布手套，意外躺在，行人斜井巷道中央

距离地面，还有五百米，就可以看见光

距离工作面，还有两千五百米，就可以走到

巷道尽头。从手指的方向，可以看出

它正朝着光的方向爬行。可是，此刻的它

却是将黑暗狠狠地握紧。如果再仔细看

这只帆布手套，少了一根大拇指。我想了想

它肯定不是老王的，因为老王的大拇指

是被地面检修车间的切割机，割掉的。那根翻出

针脚的中指，它也不会是综采队小李的

因为小李的中指，是被液压支架挤的，看起来

完好无损，可是翻出手的时候，血肉模糊

小拇指处系着雪白的布条，布条上，有血迹

指尖有一个黑窟窿。整只手套上，沾满了

湿漉漉的煤泥。唉，这只面目全非的帆布手套

只有五百米，就可返回到地面，可是

它却永远地留在了，这个黑暗的世界

绰号

他叫悟空，他叫悟能，他叫悟净

他叫熊大，他叫熊二，他叫光头强……

在井下，我们每名矿工都有一个属于黑暗的名字

因为，我们相信，这些丑陋的名字

能让我们幸运地活在人间

矿车

在井下，如果有矿工受伤了。当别人问起
伤得重不重的时候，我们常常会这样说

他是被运煤的矿车，拉上井的
因为这样，能让我们同样感受到

伤口流淌的热血，是怎样在一块煤
和一块铁的夹持中，慢慢变冷的

一件工衣

那天去洗衣房，取洗好的工作服，临走时
听到洗衣房的大姐聊天，大致意思是说：

有一件工作服，取衣牌号 255，有半年
时间了，却一直没有来取走。而我听到后

却不敢告诉她：这件工作服
今后，再也不会，有人来领取了

工资

亲朋好友，常常问起我，收入的事

他们说：听说，煤矿工资挺高的

可我，不敢告诉他们：我的一个新工友

第一次下井，就把自己一辈子的钱

都挣了回来

井口的女人

当最后一块砖把最后一缕光线

砌到黑乎乎的井口上

虽然距地面只有几米远

但矿难中失去丈夫的李寡妇

二十多年来，常常会到井口转转

因为她曾一度幻想，总有一天

她的丈夫会混在出井的矿工人群里

而现在，当最后一班封闭井口的工人

从井下退回来后，她一下瘫坐在

封闭的井口前。因为那堵墙

让她确信她的丈夫再也不会回来了

水睡着了

请允许月光从玻璃窗外打进来。如果没有明天
一半的夜色行走在鱼缸里，另一半沿着巴马线
走下来。请还给一条河流足够的呼吸，就像还给
一尾金鱼足够的水域。梦还是一个未经事的孩子
当他高声喊我"爸爸，爸爸，鱼怎么不动"时
我只能轻轻地告诉他：嘘！小点声，水睡着了

一篇关于灭火的报道

一架贝尔 407 直升机，载水一吨

一架 H130 小松鼠，载水一吨

一架空客 EC225，载水三吨

两架固定翼飞机，撒阻燃剂

专业扑火队十四支，共计九百三十三人

明火已被扑灭，还有部分烟点

正组织人员，清理余火，看守火场

那么，像我们这些矿工

这三千人呢？

我们不能出现在报道里

因为，当我们远远地散落在山间时

看起来就像一根根烧焦的灌木、松树

一丛丛烧焦的荒芜的草

第六辑

我不是一名好电工

结婚

工友小张结婚了，贷款买了房子
贷款买了车子，在溜子机头休息时
我们和小张开玩笑说，只要
媳妇不是贷款买的，就行

夜路

黑暗，距离地下，深达六百五十一米

向东，两千一百米。向西，三千五百米

这是一座煤矿，全部的家当

这是一个人，一生都走不完的夜路

每一粒煤灰，都是一条黑乎乎的巷道

躺在水仓的仓板上，安全帽上的灯光

直溜溜地打在两米高的顶板上

落进灯光里的每一粒煤灰，都是一条黑乎乎的巷道

而我纹丝不动。这么密的巷道，我怕走丢了

整整一个夜班的时间，我就这样直直地

躺在水仓上面。当光线里的煤灰越来越密的时候

我轻轻取下腰间的防尘面罩，一声不吭地

扣在脸上：我上有老，下有小

还不能做个早夭之人

一块矸石

凤凰山的樱花又开了
每一朵都是那么的娇艳和奔放
面对这座因挖空而关闭的矿山
我想到几百年，或者几亿年以后
这些娇艳、奔放的樱花一定是
凤凰山最富有的煤炭资源
而我呢，必将是夹在煤层中间的
一块矸石。因为在妻子和孩子眼里
我一生都那么无用
没能带给她们物资丰裕的生活

认亲

刚升井，还没来得及洗澡，媳妇就发来视频
还没有开口说话，她就把儿子喊进镜头里

"你看看爸爸。不好好学习，以后就下煤窑"

六岁的儿子，死死地盯着手机屏幕，好半天
都没有认出，这张如煤一样黑的脸

突然转头问：妈妈，这是谁
——这是谁呀

一个煤矿工人的遗嘱

一

明天和意外，不知道哪个会先来

可是，作为一名煤矿工人

黑暗中哪有什么明天，黑暗中

只会有意外，它随时会来

二

下井、上井、吃饭、睡觉。在煤矿

我们的每一天就是一生，一生就是一天

所以，我们留下的无非是

越来越长的巷道，越来越多的黑暗

三

三十好几了，也会想着给两个孩子

留点什么。但是，作为一名挖煤的人

我是无奈的。作为一个写诗的人，我是

无助的。所以，我不得不把无能留给你们

四

我最放心不下的，还是我的两个孩子

一个七岁，不懂得谦让。一个两岁

不懂得知足。当你们一起喊爸爸

冲进我怀里的时候，我也曾流过泪水

你们要的菠萝寿司卷、水果奶茶

爸爸又食言了。因为，每月不足两千元

的工资，让我们活着就已经倾尽全力了

五

结婚这么多年，妻子只有一次到过我

上班的煤矿。随便说一下具体的事

我的更衣柜号是 408，里面有我下井时

攒下的面包、鸡蛋，记得带给孩子吃

宿舍号 117，靠窗户是我的床位，床下面

有我省着穿，留下来的一身新工作服

父亲去地里做农活时可以穿，记得带给他

六

另外，我出版了一本诗集。一直没敢

跟你提此事。主要是怕你想着要花钱

反对我。在卧室放满生活日用品的书柜

最上面，左手数第十二本书里面藏着

这本书的三千元钱稿费。当然最值钱的

还是这本书，你可能不会这么认为

如果你同意，就留给孩子。电脑里面

有这本书的原稿，你暂且先替孩子保管好

十八岁后，如果孩子觉得没用，可以烧在我坟头

七

还有安葬之事。我不大喜欢火葬

不管我在矿洞里，还是在医院

一定想办法把我带回家。十九岁

就从故乡出来挖煤了，累了，在井下

想得最多的，就是回家。巷道再黑

终归是每一块煤的家

就把我葬在庙后地吧，那里去的

    人少

老鼠

我不得不提起，在二盘区变电所

和我相依为命的，那群老鼠

可是提起你们，我常常感到无助

生而为命，我却把你们带不回

——这光明的世界

房贷

四十二岁的老王，贷款十三年

为儿子在小镇买了房。三十五岁的李哥

贷款二十年，为自己准备了一套婚房

二十六岁的小周，刚来煤矿，贷款三十年

也买了房子，他再也不想回农村了

在煤矿工作的这些年，我们每个人都

买了房子，这也是一块煤一生

可比的价值：还清房贷之时

正是，我们退休之日

我不是一名好电工

矿灯是走到二盘区水仓不亮的

它带我已经走了十多年的夜路了

也烦了、累了、不乐意了

借着开关观察窗打出来的微弱的蓝光

靠煤帮坐下，静静地看着这些孤独的光

悄无声息地在煤底板上消失

我突然开口说：这些年你受苦了

但是一定不能烦了、撂挑子、不干了

因为，我不是一名好电工

还医治不好这么长的夜

第七辑

无力反驳的比喻

岳城矿

一

因为一座山，一个城
因为一个女子，或者一个男子
贪恋这跌宕起伏的人间
因为我们躬身唤醒的
总是自己的乳名
　　——岳城

二

因为我未曾来过，你也未曾离开
因为我动用千山万水，终也抵不过
你的临山而建。因为我们
　一脉相承

三

因为你把河水写在山谷

因为你把山谷里写满村落

因为村落里有这样一个男子

为你伏案而书

四

因为你的夜晚在身体里

因为你的昨天被养蜂人盗走

因为你，我在一首未唱完的歌里

响起掌声

五

因为要渡过一座桥。因为要走过

一个短的隧道。因为你要我

今生为了见你，许下思念

六

因为有了明天。因为有了

大山最虔诚的祷告。所以你

源源不断地把体内的夜色

让一辆辆拉煤车

运送到远方

原来阳光也会老去

玉米长到拦腰高的时候

你已经没有力气，从床上坐起来

有时候，我会和父亲

抬你到轮椅上：洗脸、梳头、喂饭

有时候，我会独自扶你起身，在后背

垫上高高的褥子。一束阳光刚好照过来

这些慢慢移动的光线：柔软、轻盈

一直从水泥地上，走进你银白的头发里

我们都在认真生活

白发

在澡堂洗澡的时候，意外发现乌黑的头发里
扎出一根白发，就像在百米深的矿井下

一束矿灯的光，照在黑乎乎的巷道里
那么刺眼，那么醒目

爱情

在矿山，每一个女人都嫁给了一块煤

而现在，矿山关井了。所有的爱情

都将是背井离乡的日子

亲嘴

在煤矿，我们常常用，顶板下沉，底板上鼓
来形容一次次的冒顶事故

而当我们，从运煤措施巷，一个挨着一个
静悄悄地爬过去，回到地面的时候

在更衣房的长凳子上，我们会大笑着说
运煤措施巷的顶板和底板，都快亲上嘴了

工友

和同宿舍的小李，开玩笑地说：

你和你老婆，在一起才两年

咱俩在一起都十年了

为何你们滋养出的是爱情

而咱们却是陌生人

小李反驳说：

我老婆能给我生孩子

你能吗？

退休

这两年，换了新的工作岗位，看井下变电所
这两年，我独自面对，这些冰冷的开关

常常在想，再陪它们二十八年六个月零五天
我就退休了，顿时心生欢喜。可是啊，一想到

这座山，再挖十五年就空了，又心生荒凉

无力反驳的比喻

当井下撤出的液压支架

正被一辆辆大卡车运送到别处时

我七岁的孩子突然指着让我看：

爸爸，你看，车上拉着那么大的棺材

我一时竟无力反驳这个比喻

对于这座历时五十五年的矿井

每一个支架下都曾守护过

一条条鲜活的生命，而有的人

却被留在了下面

老白的女人

在西翼 13012 巷口休息时，跟老白闲聊

老白说：老婆从没有喊过他，亲爱的

那天在 KTV，有个叫甜甜的姑娘，喊他

亲爱的。老白说：我直接给了她三千块钱

可是，我每次下班升井后，总会晃见

老白的女人，在等他，升井

凤凰山矿

一

好多树，我都叫不出名字
好多花，我都说不出它们的美
这又有什么关系呢？它们
依然会把整个春天
交给凤凰山进行批阅

二

他们的荣耀，不是写在
公园晒着太阳的长石凳子上
不是写在开着浪漫樱花的枝头上
而是在他们，从大山的体内
一次次掏出的黑暗里

三

也许仅仅有家属楼是不够的
也许仅仅有医院和学校，是不够的
当他们把一座寺庙安放在山顶时
一个乌金的王朝才有了历史

四

他们说着这样和那样的话
他们笑着。有时候发着脾气骂几句
他们把一粒药的苦摁进深夜
有时候，把自己当作一粒苦味的药
投放在他们衰退的年龄里
渐行渐远的那代人
他们慢慢地会得到时间的赦免

五

我们在十字路口耐心等待火车开走

每一节装满煤的车厢，都是

一道道加急的奏章

晒太阳的老人

只有鸟鸣未曾辜负春天，它们依然会把
树上的樱花一朵一朵地叫醒

在凤凰山，当太阳落山时，只有亮起的路灯
未曾被他们辜负。那些在墙根下晒太阳的老人

他们弯着腰一步一步朝家的方向挪动时
多像矿井下回采时，一条条弯弯曲曲的巷道
随时会垮塌

中条山

灭火回来后，遇见同事会竖着大拇指

对我们说：英雄回来了

我听到后，备感惭愧！因为

我所认识的英雄

都留在了光秃秃的中条山上

时间也会慢下来

带儿子去职工澡堂洗澡的路上

遇见一名老人手拄拐杖，扶着墙

小寸步，一步步挪着朝澡堂方向走

当我和儿子洗完澡，返回时

依旧看见这名老人在墙根下走着

那一刻，时间仿佛在他身体里慢了下来

回撤

最先从井下撤出来的

一定是吃了最多黑暗的割煤机

它们在地下一生都没有找到亮光

而现在，它们被分解成一小块

一小块的铁，装在矿车上

最终被大地退回了人间

然后是液压支架

它们在巷道里支撑了那么久

也没有为光亮撑出一条回家的路

现在，它们整整齐齐地躺在矿车里

向地心做了最后的妥协

最后留下的只有空空的巷道

但它们并不会被带回到光明的世界

因为人间不需要扭曲的黑暗

春天的颜色

三月八日。玉兰花，最先喊出了矿山春天的抖音

而此刻，三月的嗓子里依旧灌满了

从沁河呼啸而过的冷风。轰隆隆的机器声

从绞车房传出来。——哦！她们。年轻的她们

淹没在嘈杂的机器声里。是厂房外，玉兰花

压低身子为矿山续写着最灿烂的春天

——她们。张琪，赵亚辉

她们的青春，是写在操作台上的标语：安全为天，

   生命第一

她们的青春，是蓝色工作服上涂满的油污渍

她们的青春，是把罐车一次次安全放到六百米深的

   地下

再安全提升到地面

多么简单的一个动作啊，却承载了生命里

全部的青春。就像 35KV 变电所外，柳树的叶子

正轻轻将握紧的春天慢慢松开。它的每一次放手

都带着对生命最崇高的膜拜。就像配电柜里发出的

细微"嗡嗡"声，都能被她们准确地捕捉到

——捕捉到生命的脉搏

——此刻，她们。杨志风，崔晋霞

她们的青春，是写在停电操作票上的：

井下动力一回路，D02 高开已停电。请确认

——井下动力一回路，D02 高开已确认停电

她们的青春，是写在送电操作票上的：

动力母连已合上。请确认

——动力母连已确认合上

她们的青春，是电话里：变电所动力母连已合上

恢复正常供电。井下可正常生产

她们小心翼翼地操作着每一步。就像沁河的水

从污水处理厂墙脚下缓缓地淌过。它们对自由的

向往，是在冲刺着化学药味的厂房里完成的

是她们信仰着每一方污水里，都蕴含有青春最纯洁
　　的旋律

使每一棵草，每一朵花，都享受着生命的平等

——此刻，她。李四霞

她的青春，是硫酸铜固体溶于水生成的蓝色

她的青春，是氧化铁和盐酸溶液生成的黄色

她的青春，是一遍一遍地勾兑、调试，直到还原了
　　春天的颜色

哦！春天的颜色，是来自一辆辆拉煤车。从磅房里

将她的青春，运出去，再运回来。也是磅房外

墙角挤出的绿油油的青草，被拉煤车荡起的煤灰

狠狠地包裹紧。然后再被疾驰而过的洒水车，洗
　　干净

——此刻，她。卢娇凤

她的青春，是一张小小的开票单

上面写着客户、净重、品种、车牌号

她的青春，是化验室内，放置在玻璃容器里

一块即将化验的煤

她的青春，是将煤灰收藏在自己的身体上

依然笑着目送一辆辆拉煤车远去

——她们。张琪，赵亚辉，杨志凤，崔晋霞

李四霞，卢娇凤。还有很多我们叫不出名字的女
　职工

她们的青春，就像矿山的玉兰花

自由、奔放、博爱、坚韧

第八辑

乌鸦十八章

宋小刀

我叫宋小刀，男，一九八六年出生

一九九九年上中学，成立"小刀会"

大家送外号：乌鸦。因在学校收保护费

二〇〇一年与校方协商辍学。之后

经常出入录像厅、网吧、台球厅

大家听到"乌鸦"就像闻到了

死亡气息。二〇〇六年，因组织聚众斗殴

被判刑八年。在审讯室警察问我姓名

顺口回答：乌鸦。无论是辍学

打架斗殴，还是盗窃。只有乌鸦

能安置放荡和自由的灵魂

而宋小刀不能

山村教室

最先听到乌鸦叫声的是：

西村山腰上的小学教室里

老师在黑板上写下的粉笔字

——生存和生活

朗读声被窗外呼啸的寒风

刮到了山的另一边

一个离西村很遥远的地方

二〇〇四年夏，乡村小学合并

这十来间的平房校舍

孤零零地立在山腰

后来被改成了养殖场

麦田

傍晚父亲从上冻的田里回到家说：

山头电线杆上落着一只乌鸦

不停地在叫，赶都赶不走

他说这些话的时候

村子里的小煤窑

因资源整合而关闭

雪下了一宿

每一株麦苗，一夜之间

长出了白发

玫瑰花

我的第一个女朋友是上中学时谈的

她讲了关于乌鸦的很多传说

斗嘴时喜欢对我说：闭上你的乌鸦嘴

二〇〇二年，初中毕业的时候

她送我一束插花

后来，我写信：

问起这束花多少钱时

一朵玫瑰最先枯萎

绿萝

二〇一五年八月二十四日

我结婚了。婚后

我换了一张双人床

买了洗衣机、电视机、冰箱

买盆景时，乌鸦的叫声

被绿萝听见。快递邮寄地址：

广州龙溪；售价 19.9 元

一个生命的价格

还好我能承受

柳树

我们根据乌鸦的叫声判断

乌鸦并没有落在附近的树上

二〇一九年十一月十八日

这天是奶奶出殡的日子

临近黄昏，墓口被新土填埋

阴阳先生让五个孝子轮流磕头

接过他们手中的安杖棍插在坟前

五根安杖棍齐刷刷地跪在坟头

他们走了以后，乌鸦的叫声

似乎还在替他们哭着

——第二年清明节

三根安杖棍抽出了新枝

流产

三十岁以后，我的睡眠越来越少

常常要把那些苦难的汉字

重新排序成光明的模样

方糖和牛奶化解着中年的矛盾

咖啡的苦，却直抵人间

咖啡杯里盛满乌鸦的叫声

有一些被挤出杯外——

那是二〇二一年，在乡镇卫生所

妻子躺在流产台上

阳光静静地照着

床下一只人工流产吸引瓶

外卖

二〇一四年，宋小刀刑满释放

去过北京、内蒙古、江苏、上海……

在饭店干过服务员、超市里当过保安

菜市场当过搬运工，也跟着司机跑过货车

疫情发生后待业在家。二〇二〇年

又开始在县城送外卖营生

在一次给学生送外卖时，到达目的地后

打电话习惯性说：东方红中学到了

结果被学生给了差评。他忽然想起

东方红中学已经更名为××县第二中学

种豆

后山小胡家坟堆的柏树上

一只乌鸦在黄昏连续叫了好些天

我每次听到就在想：小胡家

都没有人了，还叫啥？

而这块地是老保家的自耕地

他每年在坟堆周围起垄、点豆

黄豆一垄比一垄多

坟堆一年比一年小

炊烟

二〇二一年脱贫攻坚，这个二十户的村子

很多村民都已经搬到县城住进了楼房

一些不愿意搬走的，就坚守在老屋

村里只剩下五户、五口人，五只乌鸦

伴随着缓缓升起的五缕炊烟

它们在黄昏的时候叫个不停

第二年，村子里只有四户、四口人

但村子里的五只乌鸦却变成了

六只乌鸦。乌鸦的叫声越来越多

村子里的人却越来越少

危房改造

那只乌鸦在村口的槐树上停留过

在山神庙狮首的屋脊上停留过

最近，它总落在一座破败的坟丘上

没有人知道里面的人是谁

但那只乌鸦知道。在鳏夫老李没中风前

常听他说起：我家的位置是一块风水宝地

风水好的地方不埋死人就住活人

如今，不远处是老李危房改造后

红砖蓝瓦新盖的楼房

每天早上天刚蒙蒙亮的时候

老李就拖着他那条不太灵便的腿

一瘸一拐地到村口锻炼身体

落在坟丘上的那只乌鸦

总是静静注视着他来去的身影

大卡车

同事最近提起在上班的路上

总有一只乌鸦跟到矿门口才飞走

就在昨天：那只乌鸦的叫声

被矿门口来来往往的大卡车听到

一名矿工在上班的路上

被一辆飞驰而来的大卡车撞残

因为事故没有发生在井下

赔偿的价格还在谈

寿衣店

路过医院那条马路

耳边总听见乌鸦的叫声

仰头朝行道树的天空寻找

并没有看见它的身影

静静地站在路边看着

拥挤的马路

来来往往的车辆和行人

似乎早已被预言

一个男人刚好从我

身后的寿衣店走出来

夜色

早晨五点，天刚蒙蒙亮

我独自来到运动场打篮球

正对着运动场的矮墙外是医院

耳边第二次传来乌鸦的叫声时

我仰头望向三十二层高楼

看见一小块夜色

从蔚蓝的天空下移走

矿工

每一个山村，都有人像宋小刀一样

游离在城市和乡村之间

二○二一年，经村里人介绍宋小刀跟着杨叔

来到离西村一百公里外的一座煤矿

下井。第一次面对深不见底

黑乎乎的矿井，他心里闪过一丝恐惧

但很快又恢复了平静。升井后

杨叔看着宋小刀浑身上下黑扑扑的样子

哑然失笑说：这下你真的成了一只乌鸦了

两颗糖

参加婚礼，我总要带回两颗喜糖

一颗给儿子，一颗给女儿

有时候怕忘了，儿子会拿妻子的手机

打视频电话叮嘱

有时候等不及睡着了，我就把喜糖

藏在枕头下，让乌鸦的叫声变得甜起来

生活在绝望时总会有一点惊喜

冒出来，哪怕这种惊喜

只有一颗糖的大小。而这些年

每次参加婚礼我都带回两颗喜糖

已经成为一种习惯

我仅仅想让孩子们知道：

爸爸是甜的

信号塔

我每天下班之后透过阳台的窗户

看到小区不远处的一座信号塔

一只乌鸦在信号塔上安了家，俯身喂巢里的雏鸟

另一只背对巢穴注视着高楼大厦

它的视线与我居住的楼层，持平视的位置

应该也住在十二层

我对这个身边的邻居说：你好！

它回报我以"哇——哇——"的两声：

你——好——！

光的颜色

每天生活在城市

目睹形形色色的人们忙碌的身影

阳光照耀着他们。照耀着高楼大厦

也照耀着马路上疾驰的小汽车

照耀着白领、公务员和企业家

阳光也照耀着菜农、商贩和外卖小哥

——他们呈现出不同的生活

不同的人生，有着不同的颜色和光彩

它照耀着一只落在我窗台上的乌鸦

乌黑的羽毛撑起一片彩色的光晕

第九辑

煤的生活和歌

矿区里落着一群灰喜鹊

最初的人活在石头里

后来，人从石头里走出来

石头上是人遗忘的名字

还有一只鸟

这是在河滩上

水退去一条河的深处

看到一块鹅卵石上的图案

谁看到的？

女娲在造人的时候说：

让从石头上走下来的人看到

首先要看到的

必须先是那只鸟

然后才能是人的名字

后来，工业轰隆隆的机鸣声

从地下深处冒出来

一座山变成了一座煤矿

一部分人重新

回到了一块石头里

火焰、温暖、幸福……

这些有光的词语开始诞生

那些人开始

注意到了那只鸟

乌黑的翅膀

扇动着风的自由

从地下飞出来

从此石头也就不叫石头了

叫了新的名字：炭

火焰、温暖、幸福……

也有了新的名字

叫经济、效益、资本……

我们把自己囚禁在了

创造的词语里

而那些灰喜鹊

囚禁在一块块黑色的石头里

石头里的火

天地混沌

时间是还未创造出的词语

所以，一块炭还没有从体内

取出光明。在矿洞里

时间是多余的黑暗

未被命名的眼睛

还在等待

掌管时间的神

还在思索：

光和火的关系

碳和炭的关系

如果把黑暗照亮

万物显现

如何让人发现时间的虚无？

后来，时间的神

将炭放进了石头里

将火放进了炭里

矿洞里传来滴水的声音

时间诞生了

而眼睛

自始至终

却从未看到时间

只看到

光

一块炭的年轮

一块炭的进化论

在语言没有诞生之前

世界上还没有死亡

所有死去的万物继续活着

森林燃烧但火并不存在

大海汹涌但水并不存在

太阳照耀但光并不存在

在语言没有诞生之前

人和动物是一样的

鸟鸣是唯一的声音

从燃烧的森林里传出来

太阳神和火神的谈判

再一次陷入僵局

世界秩序的建立

又一次以失败告终。它们

谁也不愿让步

谁也不愿妥协

太阳神说：火不能占用光

火神说：光不能占用热

大地因此进入

漫长的黑暗和寒冷

后来，水神出面作出调解

它将自己的雨给了光

将自己的雪给了火

从此便有了四季

后来太阳神和火神

都各自退让一步

互不干涉

光回到了天上

火回到了地下

便有了天亮和天黑

善和恶的出现

大地上有了最初的语言

最初的秩序

火对万物说：如果要重生

必须回到黑暗里

因此死亡就是黑暗

重生就是光明

生死有了更清晰的界线

万物忠于土地

火以善和恶的名义

构建了一块石头的欲望

所以

重生之物便是欲望之石

灰喜鹊的自述

当它们落在纸上的时候

它们就进入了文字的世界

可是文字至今没有给它们的叫声

找到准确的词义

人类按照原始人、野蛮人、文明人

划分人类自己的时候

也按照这样的方式划分了它们

它们没有反驳

对于灰喜鹊来说

喜这个字没有具体的形式和内容

这个世界没有具体的形式和内容

一切起源于人的意识

当它们对着人鸣叫的时候

在人的内心里

喜就变得具体了

它是一只鸟

第十辑

一瓶可乐的空间叙事

一瓶可乐的空间叙事

一

桌子上放着一瓶可乐
在此之前，时间放在这里
时间是什么？我不知道
但我知道，时间一定装在
这个可乐瓶子里。因为
当桌子上只剩下空瓶子时
屋外，下起了一场大雪

二

我说我看到了桌子上的可乐
但我又怀疑，这瓶可乐是我看到的吗？
因为是我把可乐放在桌子上的
即使我不看桌子，也能看见
内心里的这瓶可乐

那么这瓶可乐

到底是谁看见的？

三

这瓶可乐对水做了详细的解释

空间和时间问题，再一次被注意到

——如果不是糖的介入，而我喝的

亦不能用水命名，也不能用可乐命名

人生将不能用快乐命名，也不能用成功命名

四

我的影子装在这个

还未开盖的可乐瓶子里

现在阴天，没有阳光

如果有太阳的话

我的影子将从这个瓶子里掉出来

五

记得第一次
给九十岁高龄的奶奶
拿可乐喝时
她担心这是苦味的中药
那也是我第一次看到
苦的颜色

六

可乐也是水的名字
当然，水有很多名字
从天上来的叫：雨、雪、冰
从人间来的叫：茶、粥、药

从地下来的就只能叫：泪

七

我想要说，可乐建构了

资本的秩序。当然，也建构了

生存的秩序。在资本和生存中间

是一个在基因的编程里有父亲的孩子

和一个在尘世的秩序里没有父亲的人

八

流水线上的工人

就像电子厂里的每一台设备

都设置了指令，都有自己

将要输出的信息：消毒

装瓶、喷码、贴图标

当所有的知识汇聚在可乐上

可乐就是没有被复活的人

九

可乐不知道可乐是可乐

所以可乐才是人们眼里的可乐

而我不知道我是谁

所以我是别人眼里的我

所以人的一生

不是自己在塑造自己

而是别人在塑造自己

十

我不能再把它叫可乐了

因为这个瓶子

不是水

也不是可乐

它现在仅仅是一个空瓶子

一个透明的物体

如雪

掩盖了真相

十一

如今，我重新把瓶子里装满水

插了花，放在桌子上

后来又买了两尾鱼放在里面

当我把它们重新

组合排列时

看到瓶子里游弋的鱼

和瓶口上盛开着的鲜花

桌子上重新出现的是

一个新的序列

一个新的世界

十二

这个瓶子那时叫可乐

而现在这个瓶子该叫什么？

我找遍脑子里所有的

瓶瓶罐罐

一时竟不知道：

当把一掬水

两尾鱼和一束花

同时放在一个瓶子里时

该如何命名它们

如何命名一种美

当我无法用词语

给美一个边界时

美是不存在的